a timidez do monstro

a timidez do monstro
paulo scott
porto alegre, agosto de 2003 a janeiro de 2005

ilustrações
guilherme pilla

sumário

arredores limpinhos 15
uma dona de casa para abel 16
tipologia dos alicates 19
resto 21
luz 22
a gravidez do limo 23
imprudência 25
regina e seu homem comum 26
dedinho fã 27
algo de soares 29
de tarde na vila madalena 31
nada mais sobre elrodris 32
olhos patrícios 34
receita para se executar nos lavatórios 35
giletes desembrulhadas na gaveta das calcinhas "m" 37
você quer 39
sociedade 41
amor sagrado 42
ressarcimento 44
ânsia 45
capaceta cravejada de karina 47
sem paz nas lanchonetes 49
afinal 50
dificuldades 52
estojos 53
o procurador das migalhas 54
nokia pan 57
skate 59
sua 61

lugar bom 63
jamanta com sua mulher hoje 64
casa de atendimentos psiquiátricos rápidos 66
pão com osso duro 69
treze pares de meias (primeira parte) 70
treze pares de meias (segunda parte) 72
treze pares de meias (terceira parte) 74
ainda o movimento para o primeiro amor 77
cavocando o cano da vocação 78
diálogo com a insônia 79
a hora mais perigosa 81
eles moram na perdição 82
ipiranga com erico 83
palitos 85
símbolo de noites confusas 86
fluxo mono 88
kombi d'elo 91
mãozinhas com medo de alisar cabelo 93
metro 94
doutrina-elétrica 95
o rainha 96
o viaduto 97
primeira farda de anjo 99
regime opus 101
salão monocórdio 102
roteiro básico para fabricar sereias 103
bulas diziam 105
caos ferreira 107

fabrício carpinejar, poeta

senhor escuridão

Paulo Scott está em guerra. Em suas poesias, destila códigos ocultos, profecias escondidas no texto, visões a serem decifradas entre os versos, palavras minadas que se forem cruzadas viram crucifixos. Scott não veio para brincar, satisfazer egos, brindar com espumantes. É um profeta, paranoicamente criativo como um profeta, com estratégias militares de um profeta. Não peça que leia sua mão, ele vai cortá-la. Não pergunte a ele se o emprego vai funcionar, se terá riqueza, se encontrará a alma gêmea, que ele está se lixando pelos resultados, concentrado na vastidão das pequenas feridas. "Trate logo/ porque/ num lugar sempre sangra."

    Em uma poética moderna e fraturada, Scott reúne o que antes alimentava poetas católicos como Jorge de Lima e Murilo Mendes ou ateus como Jim Morrison e Rimbaud: vidência e violência. Ver é prever: ver é antecipar o que vai ser pensado. Adota o sacerdócio da intuição. Há um escopo alucinógeno em seu ritmo, uma mística dentro da banalidade (que como diz Drummond, é a originalidade coletiva). Insiste em gerar o estranhamento do trivial, falando unicamente por imagens, em doação selvagem aos sentidos. Seus poemas dilaceram, não organizam absolutamente nada. É um ato agressivo que só o amor pode gerar, ainda que não seja compreendido na hora. São poemas insones, longe da lógica do sono, e sim imersos na falta de lógica da ausência de sono. Mantêm o estado alerta da descontinuidade e da ruptura com um pensamento hierárquico (tudo tem valor), de satisfação ao consumidor. Scott mostra que o excesso de consciência deforma, ao contrário do que se acredita e se credita à perda de consciência e ao inconsciente.

Ele desorbita a natureza, sexualiza cada elemento. Muda o gênero da escuridão (fica masculina), fala da gravidez do limo ou narra o ato de felação com a luz: "lambe/lambe/é aqui". O sacrifício da intencionalidade significa em ganho de experimentação. O autor produz o desconhecido da linguagem a partir de junção de vocabulários amplamente conhecidos. O poema tem vida própria, que cabe ao autor admirar ou assistir, não interferir. Nesse sentido, o escritor colabora para o efeito, a instantaneidade (mais do que espontaneidade) da nomeação. Preconiza a visualização pela cor, ao invés de sinalizar a forma pelo contorno da figura. A infância é cinza, a adoração é amarela, a noite é verde.

"foi movimento de asas,
agora, é apenas
uma cor difícil"

São planos de um filme, que expressam a consciência autoral ao colidir suas imagens, e nunca agrupando as tomadas em uma seqüência linear. São objetos vivos, que não se fixam. São retratos verbais distorcidos e desmontados. Pela atuação freqüente de fanopéias, Scott abre espaço para desvios, sem nexos explícitos, expondo por fragmentos um caos psicológico, característico do instante único e irrepetível da percepção. O que importa é a paixão da percepção, desprezando esclarecimento e juízos morais. A plasticidade termina por gerar um laconismo, dando autonomia para as margens. Poesia do absoluto, de humor reprimido, que se faz de descobertas descarnadas e imprevistas.

"espirro contra a vidraça
borboleta de asas
opacas."

O que são asas opacas? Não adianta questionar. Pois não se trata mais de asas, porém da soma do espirro e do vidro, que, juntos com a borboleta, atingem a opacidade das asas. Não existe a generalização conclusiva das cenas, um final propriamente. Os elementos aparecem pelo valor de suas partes. A justaposição remete a algo novo. Nem uma coisa nem outra. O poema utiliza fração dos signos para formar um corpo distinto.

É curioso perceber que Scott, mesmo embevecido da virtualidade surrealista, aposta na sublimação romântica. "Entre as coxas, a erva se guarda." Canta a lealdade da mulher, a fidelidade feminina, apesar do podre ao derredor, da dor, da doença da posse e da descrença insana dos dias. "Você não adivinha a saudade que me veio quando o efeito do veneno passou."

O mundo externo é um provocador da dissolução interna. "Luz de boate/ dentro das/ veias azuis". O mundo que se promete protegido na *timidez infantil* transforma-se em *medo adulto* da invasão da realidade pela casa, onde "mendigos aguardam a surra no fim da tarde de quarta-feira". A ameaça encorpa o pânico e aumenta a fobia social.

Não se trata, portanto, de um diálogo do eu com os outros, mas da incompreensão do outro nos outros, em uma despersonalização gradual, dolorosa e necessária. "Sobreviver demora", ensina o monstro tímido.

para isa pessôa

para etelvina scott e isolina rocha,
que empenharam suas manhãs para me arrancar da concha

arredores limpinhos

os dedos amassam o ramalhete
trincam a carne do celofane
até o espinho

mademoiselle foge de medo,
desse pouco sol
ladra é a flor

uma dona de casa para abel

goteja do avental, do
vazio entre as pernas,
mastiga a lâmina, isso
demorará, sorri para
esconder as fraturas e,
preocupada em assoviar
as cantigas de piquenique,
renega a saudade do
jardim e da macieira

tipologia dos alicates

mais violenta
que as sete letras
da saudade,
sua mão
alongava, fraca,
luz de boate
dentro das
veias azuis

resto

extram os dias
danando eclipses

entre as coxas
a erva se guarda

e dedos engolem
a sombra da infância

luz

lambe
lambe
é aqui

a gravidez do limo

tolero a mama do ferro
e tuas mãos castas
plantadas na varanda
(à folga de ameno)

as falanges estouram
feito balões
garram nas palmas
destroncadas

e você... é generosa
ao provocar o tamanho sombrio
das asas que em minhas costas
não servem

imprudência

a cauda me alaga
rabisca uma ilha
de banha

regina e seu homem comum

quase primavera,
tudo se aprontou

estrala o abandono,
nada restou de espatifar

dedinho fã

meu bem açoita (eu gostinho);
minha língua imita-a, chilafete, chilafete,
contra os "pára, sua louca"
que teimam em escapulir

algo de soares

rampa abaixo, três rolando

ela os engoliu pelos buracos

tubinhos apertados, calor da lage

de resto: persevera

sob o inchaço dos testículos

a costura do passado

de tarde na vila madalena

vago sol
que cai
e feta
sobre
o lombo
de livros

nada mais sobre elrodris

caducam caduco
as partes podres da maçã
o cadafalso que arrota
salmoura logo pela manhã
e entre os nós de alegria
o muco

olhos patrícios

parado a riso
emendou sob
má caligrafia
os nomes

receita para se executar nos lavatórios

a beleza incipiente
traz o inesperado,
mas pode ser ainda pior:

sugerir às menininhas
a rapidez das sombras
e jogá-las no irrecuperável

giletes desembrulhadas na gaveta das calcinhas "m"

o coração fornalha
tentativa medonha de empurrar o tempo,
o sangue se espalha
carbono e vertigem de explodir,
o erro vai aos poucos tomando o céu
numa trilha sonora de motosserra,
no pensamento estancou essa alegria de sonho,
e tudo mais a que dedica atenção
é perda de tempo, apodrece

você quer

surpreendo os três sob a saraivada de flechas
o casal me convida, venha comer o docinho

agarro a tesourinha sobre a mesa, quebro borboletas
e os rostos da Mônica, separo as lâminas, afio-as

par de demônios, afinal descobrem,
ainda mais excitados porque irão morrer

sociedade

perdi o fio de unha
que me amamenta

sou nocivo por esperar

sem trancafiar o fim
dessa tormenta

amor sagrado

ela estende o braço com cautela
para não se desenrolar do cobertor e dos plásticos
toca-o na perna, ele aponta os carros que passam,
diz bem alto o nome, modelo e ano,
detalhes do motor, acabamento, inovações,
e a garrafa em sua mão está pela metade,
"amanhã é segunda-feira", ela diz,
protegendo a barriga e se deliciando por vê-lo sorrir,
"vamos embora... jamais encontrarão nosso filho",
ele responde (sem se deter),
a chuva traz um cheiro de frango,
e as gotas têm a temperatura desagradável do outono

ressarcimento

aperto que não atraca,
manejo de sobra indolor,
foi movimento de asas,
agora, é apenas
uma cor difícil

ânsia

ajeito teu sim
com os polegares
frito-o aos gritinhos

capaceta cravejada de karina

agrupo da prega de mosquito me tigelando
fuzuê de gola hering me enforcando,
maletício catarama pêlo-atari de índio eu
falando: há trama de mal nestes dois correndo
atrás da pipa estonteada (às voltas da ponte)
enquanto os peixes estalam no rio,
na frieza alisada e escura do seu pêlo-mate

sem paz nas lanchonetes

aos punhados gosma
o ganido seco da palavra
que não sai

ao redor é primavera;
de perto (para beijar) é o cheiro
desse buraco sujo, florido de vermelho

compreende?, me encanta
(sem promessa de conforto)
seu vermelho, seu vermelho

afinal

espirro contra a vidraça
borboletas de asas
opacas

dificuldades

o falo estala
ânsia de latir

soma zeros
que tombam

para susten-
tar

o horizonte
dos pregos

estojos

(é primavera e os morcegos estão parindo)
a boca de Mariana finalmente esfriou,
livro-me dela no corredor do São Miguel e Almas

encontro a capela 3-B, Olga (anote: antes de Mariana),
em prováveis catorze anos, segura a mão de um homem rico,
aguardo-a sair, oriento-a até o jardim escuro

escondidos atrás da caravan da funerária,
deito-a sobre os ladrilhos, encosto meu olho
direito aberto no seu esquerdo, choro

"tuas lágrimas ardem", ela diz,
aguardo ajoelhado, segurando-lhe as mãos
(as nuvens cobrem a lua)

depois de minuto, pergunto seu nome,
já com a voz diferente, responde: "Lúcia"
e sorri como se caçoasse de um inexperiente

o procurador das migalhas

conduz sua transgressão
às gentilezas dos mercadorias

doma-os no banheiro
quando a casa está vazia

depois encharca os fraldelins
com sua vontade de recalcular

nokia pan

quando o riso sujar
peca, dá teu peso
procura as sombras
no mijo sob a mesa

quando elas cansarem
afana os paliteiros
esconda-os rápido
recomendo os ouvidos

sobreviver
demora
é quase nunca
nunca

skate

rápido, só enxergo vogais
quando tento sorrir
o pescoço dá um rabo
de azulejos quebrados

sua

no caído
do olho
a rasura
leita

lugar bom

de quinta a sábado
a disco brilha; no
resto: estes mendigos
que aguardam a surra
no fim de tarde
da quarta-feira

jamanta com sua mulher hoje

entalha a pouca luz (ou seus olhos mentem)
a cunhada diz algo engraçado e vai passear
fica esta solidão e um cheiro de porcaria
aleijadinho se volta, limpa-se como pode
afasta as ferramentas (estranha a salivação)
e seus tocos assumem a mão fria

casa de atendimentos psiquiátricos rápidos

(Marília era uma dessas que nos anos oitenta transavam com o primeiro que lhes chamasse a atenção, fazia o que garotas decididas faziam quando, nos finais de festa, sua impaciência com a vida ia muito além da conta, Marília fodia bêbada sem camisinha e cerrava os dentes nas falanges mediais até vê-las sangrar, Marília gostava de ficar doente, "gosto de andar sujinha") hoje, passei por Marília, a luz do sol contra seu rosto e o cabelo vermelho desgrenhado, parei o carro e a aguardei, está a mesma de quinze anos atrás, disseram que sua jovialidade se deve ao amante estrangeiro e que, há poucos meses, ela subiu na mesa duma boate na Getúlio Vargas e gritou, "querem saber, seus fuxiquentos... foi um cliente... um homem de negócios...", o gerente acendeu as luzes, "um cliente muuuito especial...", ela repetiu, antes de abaixarem por completo o volume do som

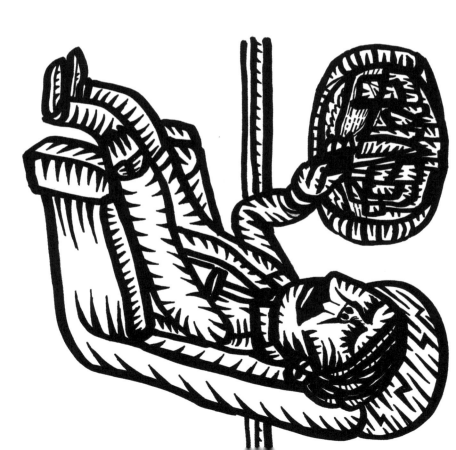

pão com osso duro

avião decola e se inclina em direção ao Uruguai
estendo a ponta do canivete contra a janela
rasgo Porto Alegre ao meio

treze pares de meias (primeira parte)

doze pescadores em seus trajes de amianto
escoltam o jovem e o que se finge de mulher
as paredes estilhaçam maresia e rebentação do mar
enganam o raso do calabouço

pari o último pano úmido, a última fatia de espelho
o barulho do fingimento é quase o das chamas
a alvenaria se ata aos ferros, o mofo cospe estrelas
meu hálito fede a churrasco

treze pares de meias (segunda parte)

dona de um risinho tolo
agachada (de mãos atadas)
farta de pontuação
a capada

já lambuzada dos que dormem
doze ateus
e ainda me falta um
este crédulo (meu bem)

aguardo seu óleo, sonho agulhas e fios de minissaia
ao encará-lo firme por se atrasar, darei um nome
ele retribuirá silêncio
e cerzirei as gotas de seu sangue nas meias de cada um

treze pares de meias (terceira parte)

os robalos panam gelatina
minusculam a oração na boca

tudo se encaminha e teima pelos
botões que assopram presídios

dedos-funcionários semeiam
as três direções do filho

que permanecerá trancafiado
concorrendo à vitória, a esquecer

ainda o movimento para o primeiro amor

hoje fui atacado por uma dessas aranhas-gota,
são animaizinhos que se alimentam da respiração humana,
descem pelos azulejos, aí saltam, picam no pescoço
(geralmente atacam em dupla)
e sobem rápidas para o couro cabeludo,
a vítima tem menos de um minuto
para se ajeitar na posição horizontal,
é a única forma de aplacar a dor
que se alastrará pelos globos oculares,
procurá-las é inútil, desista, elas cavalgarão na sua cabeça,
a paralisia durará meia hora,
você não adivinha a saudade que me veio
quando o efeito do veneno passou

cavocando o cano da vocação

as formigas estão felizes
capinam as gotas açucaradas
sobre a pia de granito verde
envolvo-as num círculo de sabão
(é forte odor de maçã)
Avelina abre a porta e me surpreende
meu dorso de maracanã eriça
e perpassa em correntes
uma brisa esquecida
uma solidão de paraíso

diálogo com a insônia

coloca, filha, é bom guardá-lo azedo

a hora mais perigosa

me angustiam as predileções de Cláudia,
passear entre sombras do parque pouco antes do anoitecer

ele virá, Cláudia diz enquanto me puxa através dos
arbustos, ele as tomará com jeito, e elas serão dele

aprenda, estúpido, aprenda com o senhor escuridão,
Cláudia elucubra e me deixa ali sentado

me seguro até que parta de uma vez, imagino quando
ela me pariu, só então me ponho a chorar

eles moram na perdição

a máquina afiou a noite inteira
cansei da espera e adormeci

sonhei que discotecava na sala
ela chegou e me beijou na testa

esperávamos alguém...
mas, o sonho... o cheiro de queimado...

acordei, sobre o travesseiro
havia chumaços de cabelo

saí da cama
decidi não tomar os remédios

à noite, chorei (a primeira vez em anos)
e ela chegou triste como sempre

mas, ao reparar em meu rosto
sorriu

ipiranga com erico

de saia bobinha,
com seu olho direito
vazado, aguardou até eu sair
da loja de conveniências,
estendeu os dedinhos
de aranha, comeu a fatia
de torta em seis dentadas,
lambeu dos beiços crespos
o chocolate, pediu "com
licença", virou de lado,
"*bi, bi...*", comeu num lance
o guardanapo

palitos

o dedinho queima
no preto cintilante
do gradil

na fresta as mulheres
se apinham, a sombra
do fórum é enorme

a viatura estaciona
os detentos descem
os olhares procuram de relance

a velha mantém a calma
a criança sairá machucada
(uma estranha comenta que viu o marido)

ela está parada
com uniforme das americanas
talvez perca o emprego

mas o que lhe importa!, ele
continua bonito e suas calcinhas
já estão encharcadas

símbolo de noites confusas

o talho da borda
desmancha no copo
meu reflexo copinho,
tenta sem conseguir
de você, meu apático
carretel, suspiro;
e, a cada segundo,
neste auxílio, a-
fundas [+] enig-
mática,
bela e
tonta

fluxo mono

numa gagueja que me aspira
a cantora refra a bunda nas teclas do piano
aí enjoa e corre pro toalete

encosto meu quadril no balcão
estendo a comanda
o garçonete pálido (todos negros do bar, feito eu, fingem assim)

sopra em meu ouvido: "peça pelo beijo"
a água que me serviu está fresca
e o plástico da garrafa com cheiro de vômito

kombi d'elo

abri o saco de dormir, estendi-o sobre a mulher e a criança
saí atrasado, o padre rezava no palanque: "terra, senhor"
passei pelas barracas (havia centenas)
entrei no capão, pelo estreito de eucaliptos, cinqüenta metros
e lá estava a bandeira da cruz vermelha
a macaca branca já me esperava sorrindo
a lona verde cheirava a mofo
sobre a mesa de praia, as seringas estavam preparadas
não senti dor, 100ml do meu sangue, depois, esforçando-se muito
ela tentou dizer: "prssseintiii", deu-me o resto escasso das injeções
foi grande o desconforto, levantei num salto e mamei seu peito
na volta, ao enxergar o primeiro companheiro de acampamento
já sabia que era o traidor
ainda assim me determinei a esquecer
à noite, quando tirei a camisa para deitar
notei a boquinha em meu braço
estava no lugar exato das injeções
mandava-me beijos
hoje, pela manhã, falou

mãozinhas com medo de alisar cabelo

está em pé, olha fixo para as folhas enroladas em sua mão direita
a mochila nas costas traz a merenda e uma oração mimeografada
dentre os ecos que vêm ao pátio, há risadas altas de alguns
ela as soma para encontrar o que falta

esta sua indecisão foi o melhor que pôde fazer até agora
as folhas estão vazias (mas por enquanto não é possível saber)
o zelador passou três vezes, com sua camisa engomada
há o mesmo brasão da escola nos casacos desses dois

a professora pede silêncio, faz a chamada, o efe é com tinta lilás
demora-se para trocar de caneta e pronunciar o nome seguinte
mantém-se em pé, olhando fixo a letra, nem sabe por que está ali
tão cedo da manhã, na frente daquelas crianças

metro

urgir o medo que causo,
lembrar: contra ele mal atrevo,
rodar com o pescoço da negação

cruzar ruas no escuro
(assoprar a ferida da risada),
cuspir palavras com as mãos

algo há de ficar no rosto,
algo há de entalhar
estes restos

aqui, ó, escuta:
batidas de apresso,
não é mais coração

doutrina-elétrica

minha língua de serpente matraca agitada

"não chora", digo mil vezes à carne-viva da costela

dói, mas como é bom ajudar o próximo

o rainha

o agridoce do gás
é vário, dá fome
num perfume que
corta

acostumado que eu
estava, sempre igual:
gato de veia
morta

o viaduto

não havia uma mina no recinto
ainda assim
os héteros se achavam
os mais gostosos

primeira farda de anjo

trate logo
porque
num lugar
sempre sangra
nutra com noite
noite, ouviu?
e se apague

regime opus

eu estava no banco do carona
e Rita dirigia em silêncio
íamos devagar pela Osvaldo Aranha

foi a última vez que avistei Gerusa
estava encostada numa das colunas
do restaurante aquele com a fachada de granito

estranhamente não senti nada
me ocorreu apenas
que ela já deveria estar em Nova Iorque

mas não estava
e seu olhar, como sempre, zanzava impregnado
de insatisfação e tristeza

senti vontade de dizer a Rita
"olha, Rita, aquela ali é a Gerusa"
mas não fiz

quando, mais adiante, paramos na sinaleira
havia um careca alto que fazia malabares
lhe demos três moedas e fomos ao centro da cidade

dia desses, repassei as coisas daquela manhã
em que, de alguma forma, superei o abandono de Gerusa
e me apercebi, o careca jogava com nove bolas furta-cor

salão monocórdio

eram quatro
com o mesmo nome: ferro

a parenta lhes deu espaço
pros dedos

crianças crescendo
aprendem mais e mais

quando acharam o corpo
os quatro sorriam

nas mãos do cadáver
havia luvas

faltavam
os dedos

nem foram encontradas
as doze canetinhas de colorir

roteiro básico para fabricar sereias

piso na areia, percebo o bilhete laranja espetado no graveto seco, "escolha um dia de verão em que a água esteja muito fria, aguarde até que uma menina (dessas com menos de nove anos, com os ossos ainda tenros) entre no mar, sem que haja alguém por perto, e, sem desvestir as roupas, entre no mar também e a carregue pela cintura, nadando rápido até os dois desfalecerem; ela se tornará sereia", dobro o bilhete e o enfio no bolso, evito encarar o oceano, algo me aguarda nas espumas da rebentação

bulas diziam

todas as liberdades do verbo

foram tomadas exclusivamente

com sua própria mãe

caos ferreira

o balanço da colher emborcada sobre a mesa
apanha-o (não há como saber quem a provoca)
encilha-o num rosto que não é seu, e foge
talvez por causa dos dedos que o cercam
e da voz atrás da nuca: Silvia

o balanço da colher rebola claridade e escuridão
claridade e escuridão: a mesa e os demônios calaram
a concha, então, abana o ar (de um peso seu dificultoso)
cao, o nosso herói, não sabe quanto tempo restou
nem como encontrará todos os fragmentos

inércia de pêndulo, inércia
e os olhos do maldito na tevê (que não desligam)
e os espelhos rindo, e a mão entregue pelo mal
a girar a maçaneta em busca da gota escondida sob a colher
da infância empanturrada de reino-cinza,
       [enquanto o telefone toca

© 2005 by paulo scott

projeto gráfico e capa
warrakloureiro

editoração eletrônica
andréa ayer

ilustrações
guilherme pilla

coordenação editorial
isa pessôa

impressão
lis gráfica e editora ltda.

todos os direitos desta
edição reservados à
EDITORA OBJETIVA LTDA
rua cosme velho 103
22241-090 rio de janeiro rj
tel [21] 2199 7824
fax [21] 2199 7825
www.objetiva.com.br

s428t
Scott, Paulo
A timidez do monstro / Paulo Scott. –
Rio de Janeiro : Objetiva, 2006
112 p. ISBN 85-7302-758-4
1. Literatura brasileira – Poesia. 1.Título
CDD B869.1